Dominique Demers

Bien connue pour ses reportages dans *Châtelaine* et dans *L'Actualité,* Dominique Demers a fait une maîtrise en littérature de jeunesse. Elle est aussi, depuis une dizaine d'années, critique de littérature jeunesse au *Devoir* et à *Châtelaine*. Et elle a également publié *La bibliothèque des enfants.*

Depuis plus de cinq ans, elle ne lit et ne regarde que des livres et des émissions pour enfants. L'histoire de Valentine lui a d'ailleurs été inspirée par ses enfants. Et elle l'a, bien sûr, écrite pour eux. Sa petite famille? Un mari, trois enfants et un chat! Et si elle était un animal, elle serait sûrement un poisson, car elle adore nager.

Valentine Picotée est son premier roman à la courte échelle.

Philippe Béha

Né à Casablanca, Philippe Béha a étudié aux Beaux-Arts, à Strasbourg. Depuis plus de quinze ans, il a fait des milliers d'illustrations pour des magazines, pour la publicité, pour la télévision et pour des maisons de graphisme. Il a aussi illustré une centaine d'albums pour enfants.

En 1983, Philippe Béha a reçu le Prix du Conseil des Arts et en 1988, le Prix du Gouverneur général en littérature de jeunesse, dans la catégorie illustrations. En 1990, il obtient aussi le Prix du livre M. Christie. Sa petite famille à lui? Une femme, deux enfants, deux chats... pardon... une femme, deux filles, deux chattes. Eh oui, cinq filles en tout!

Valentine Picotée est le premier roman qu'il illustre à la courte échelle.

Dominique Demers

Valentine Picotée

Illustrations
de Philippe Béha

la courte échelle

1
Une comète
dans la classe

Les filles, c'est nouille. Très nouille. De vraies pâtes, fades et molles comme des spaghetti trop cuits. Sans sauce, ni fromage, ni *chili*.

La preuve? Ma soeur! Marie-Cléo. Quatre ans et demi. Un vrai désastre à deux pattes. Son passe-temps préféré? S'épingler des barrettes sur le crâne. Le reste du temps? En poser dans la crinière de ses 22 000 Barbie.

Et depuis que j'ai une soeur, je sais que les filles, c'est ennuyant. Comme une pizza sans pepperoni. Ou des éliminatoires de hockey sans Le Canadien.

Résumé: j'ai toujours trouvé les filles nouilles. Jusqu'à ce matin. À 10 h 41, j'ai presque changé d'idée. Ma mère dit que seuls les idiots ne changent jamais d'idée. Ça doit être vrai.

J'étais sagement assis sur ma chaise, dans la classe. Il n'y avait personne devant moi. J'occupe lc dernier pupitre de la dernière rangée. D'habitude, Mathieu est devant, mais le cornichon a attrapé la varicelle.

Il me reste la fenêtre à gauche, le taille-crayon derrière et Rosaline Lamonde à droite. La pire chipie de tout le système solaire!

J'étudiais mon album de collants de hockey caché sous mon cahier d'exercices de mathématiques. Macaroni nous expliquait les divisions à deux chiffres. Le vrai nom de ma maîtresse, c'est Ghislaine Brisebois. Mais je l'ai rebaptisée Macaroni.

Remarque que j'aurais aussi pu l'appeler Ravioli, Lasagne ou Spaghetti. Elle est tellement nouille qu'on a envie de l'enfermer dans une boîte avec Catelli écrit dessus.

Donc, Macaroni parlait des divisions à deux chiffres quand une comète est tombée dans la classe.

J'ai tout de suite pensé à une comète parce que ça m'a foudroyé. Un beau cadeau lumineux tombé du ciel. Depuis, je me demande s'il n'y a pas d'exceptions à la règle des filles nouilles.

Les vraies comètes ont des noms bizarres. Ma comète a un beau nom, rare et doux: Katarina.

C'est Macaroni qui l'a dit.

— Les amis, nous avons une nouvelle dans la classe. Elle s'appelle Katarina et elle arrive d'Espagne, un pays d'Europe.

Macaroni est étrange. Après son annonce, elle a oublié Katarina pour nous montrer l'Espagne sur la carte du monde. Moi, l'Espagne, je m'en fous. J'ai gardé les yeux vissés sur ma belle comète européenne.

Elle a de longs cheveux noirs qui coulent comme une rivière sur ses épaules et dans son dos en faisant des vagues. Je gage qu'ils sont encore plus soyeux que les poils de Biboule, notre gros minou.

Ses yeux brun chocolat brillent comme des billes. Et son sourire est aussi éclatant qu'un soleil de vacances.

Pendant que tous les zozos de la classe apprenaient qu'il faut traverser l'océan Atlantique pour passer de l'Espagne au Canada, Katarina m'a regardé. Et elle a compris que je suis le plus gentil, le plus intelligent et le plus beau de tous les garçons de la classe.

La preuve? Elle m'a souri.

Quand j'y pense, ça me fait drôle. J'ai comme des chatouilles dans l'estomac.

2
Opération Batman

— *Alexzis, Alexzis, zai de-ziné un poizon zie.*

Au secours! Ça, c'est ma soeur qui arrive de la garderie. Il faut que je te traduise parce qu'en plus de ses dix millions d'autres défauts, ma soeur zézaie. Elle met des «z» partout. Ça fait franchement idiot.

Ce qu'elle voulait hurler à pleins poumons en rentrant à la maison c'est: «Alexis, Alexis, j'ai dessiné un poisson scie.» Et Alexis, c'est moi.

Là, elle me colle son dessin sur le nez. Comme si j'allais me moucher avec son fameux poisson outil. Poisson scie, mon oeil. Ça ressemble autant à un bâton de hockey qu'à une banane, son drôle de gribouillage.

Normalement, je lui aurais dit: «Va voir ailleurs si j'y suis.» Mais aujourd'hui, j'ai envie d'étudier les filles.

Remarque que ma soeur, c'est

plutôt un bébé. Pour la rendre intéressante, il faudrait la multiplier par deux. Et je suis sûr que même à quatre ans et demi, Katarina n'était pas insupportable comme vous savez qui.

Ça fait une semaine que ma comète a échoué dans notre classe. Le premier jour, Macaroni l'a installée devant moi à la place de Mathieu.

Toute la journée, Katarina a laissé ses cheveux noirs danser sur mes cahiers. Ils sentent les cerises. Et vus de près, ils ont l'air encore plus doux. J'avais terriblement envie d'y toucher. Mais pas question.

Je me méfie trop d'Henri. Lui, il se prend pour un agent secret. Il passe son temps à espionner tout le monde.

S'il m'avait vu caresser les cheveux de Katarina, même juste du bout d'un doigt, je gage qu'il aurait écrit en lettres géantes, à l'encre fluo, sur les murs de l'école: «ALEXIS AIME KATARINA.»

Je n'aime pas du tout Katarina. Ce serait complètement ridicule et absolument idiot d'écrire ça. Ce n'est pas que je l'aime mais, bon, disons que je ne la déteste pas.

En plus, dans huit jours, c'est la Saint-Valentin. Et pour célébrer le 14 février, Macaroni a inventé un jeu super nono et affreusement gênant.

La veille de la Saint-Valentin, chaque élève devra se choisir un Valentin ou une Valentine. Il faudra écrire son nom à côté du nôtre sur un bout de papier.

Le lendemain, ceux qui auront choisi un Valentin ou une Valentine qui les aura aussi choisis seront ensemble pour la journée.

Ils s'assoiront côte à côte et joueront dans les mêmes équipes. Parce que Macaroni a aussi prévu une foule de jeux imbéciles pour fêter la Saint-Valentin.

Tout le monde devra participer aux activités. Macaroni a tout prévu: elle désignera un Valentin ou une Valentine à ceux qui n'en auront pas. Ça, ça m'inquiète. Énormément.

L'an dernier, le 14 février, j'ai reçu deux Valentins. Un de ma chère peste de soeur et un autre de ma grosse épouvantail préférée: Rosaline Lamonde.

Cette année, si c'est elle ma Valentine, je m'arrache les cheveux, je me coupe le cou... ou je me jette en bas du pont Jacques-Cartier.

Bon! ma soeur est partie en emportant son *poizon zie*. Et pouf! Est-ce son départ ou le hasard? Je viens d'avoir une autre de mes idées super géniales.

Avant de te révéler ma trouvaille, il faut que je t'explique. Les filles, ce n'est pas compliqué. Pour qu'elles t'aiment, il faut qu'elles te remarquent.

Avec Katarina, c'est fait. Elle m'a déjà souri une fois. Mais depuis, elle a complètement oublié que j'existais.

Elle m'ignore totalement. Comme si j'étais invisible. Rien. Zéro. Le vide total.

Bon! c'est sûr que si j'arrivais à l'école sans pantalon, avec juste mes petites culottes décorées d'éléphants jaunes, je pense qu'elle me regarderait. Mais disons que je préférerais une autre solution.

Et, justement, j'en ai une! J'ai même écrit mon plan sur une des cartes que ma mère utilise pour copier des recettes.

Opération Batman
But: Montrer à Katarina que Alexis Dumoulin-Marchand est le garçon le plus impressionnant de la classe.
Méthode: Faire le super truc de Batman à l'école.
Date: Demain.
Matériel: Batman et quelques graines de tournesol.

Batman, c'est ma gerboise. Elle ressemble à un petit rat qui aurait l'air gentil. Sa fourrure est un mélange de miel, de caramel et de chocolat. Elle a une jolie queue gris-rose.

Je l'appelle Batman pour intimider mes ennemis. En plus, je pense que les gerboises sont un peu cousines des chauves-souris.

Je l'ai eue à ma fête de six ans. Depuis deux ans, on s'entend très bien, elle et moi. Je lui ai même montré un truc de cirque.

Je la cache dans ma poche et je pose une graine de tournesol sur ma langue. Je tire ma langue et j'attends. Batman sort de sa cachette et grimpe jusqu'à mon épaule. Là, je l'aide un peu en tournant la tête vers elle, et elle vient chercher la graine sur ma langue.

Après? Bien, elle la mange, voyons! Pour les gerboises, une graine de tournesol, c'est un peu comme un hamburger relish-moutarde-ketchup-mayonnaise-fromage-cornichon. Un régal!

Henri a déjà vu mon truc. Il a admis que c'était super. Ma mère aussi l'a vu, mais elle l'a trouvé é-c-o-e-u-r-a-n-t. Oui, oui.

C'est ce qu'elle a dit. Faut pas être gêné quand même.

C'est normal: ma mère n'a jamais aimé Batman. En plus, elle dit que Batman ressemble à un rat, et que les rats, ça devrait rester dans les égouts.

3
Batman sème la terreur

La vie, c'est comme ma soeur: un désastre! La preuve? Mon opération Batman.

Ce matin, tel que prévu, j'ai apporté Batman à l'école.

Vers les 9 h 47, Macaroni écrivait au tableau la réponse de l'exercice 43 de la page 89 du cahier *La grammaire, c'est drôle.* Entre nous, des titres comme ça, ça devrait être défendu. Un vrai mensonge! En tout cas! J'en ai profité pour installer ma graine de tournesol.

Il fallait attendre que Katarina me regarde. Facile! Elle est assise devant Nathalie Gareau qui est à côté de Rosaline Ladémone... euh!... Lamonde.

Nathalie n'est pas trop nouille. Même que j'aime bien jouer au soccer-baseball avec elle les jours où je mange à l'école. Je lui ai fait signe, et elle a tiré le collet de la robe de Katarina, qui s'est enfin retournée.

Batman a été extraordinaire. Katarina l'a vue prendre son hamburger sur ma langue. Mais je ne sais même pas si elle a été impressionnée.

Rosaline la nounoune s'est mise à hurler comme si quelqu'un la sciait en vingt mille morceaux. Sa Majesté des Nouilles est un milliard de fois plus énorme que ma pauvre Batman, mais elle a peur de tout ce qui ressemble à une souris ou à un rat. Pourquoi? Je donne ma langue au chat.

Batman aussi a eu peur. C'est normal. Qui n'aurait pas peur de Rosaline? Ma pauvre gerboise s'est mise à courir d'un pupitre à l'autre, complètement affolée. J'avais beau l'appeler, tout le monde criait tellement fort qu'elle ne m'entendait pas.

Mathieu a réussi à l'attraper alors qu'elle galopait sur la tête de Guillaume devant lui. Elle tremblait de tous ses poils. Son coeur battait au moins mille fois la minute. Et ses petits yeux effrayés me cherchaient partout.

J'ai réussi à calmer Batman, mais j'ai eu moins de succès avec Macaroni. Elle était rouge de rage.

— Nous sommes à l'école, ici, pas au zoo, monsieur Alexis Dumoulin-Marchand.

Quand Macaroni appelle un élève monsieur ou madame, ce n'est pas par politesse. C'est parce que ça va mal. Pour lui.

Résultat? Je suis rentré à la maison avec une lettre signée Macaroni. La sorcière Catelli suggérait à ma mère de me punir en m'interdisant de regarder le hockey à la télé.

Plus démone que ça, tu as des cornes. Ma mère a trouvé l'idée bonne, et mon martyre va durer deux semaines.

Quatorze jours sans hockey à la télé!

J'ai envie de mourir. Surtout qu'en fin de semaine, Montréal joue contre Boston.

J'ai envie de mourir, mais avant, je voudrais que Katarina soit ma Valentine. Hier, pendant la gym, je lui ai fait une passe au hockey-bottine. Elle a même marqué un but.

Bon! elle ne m'a pas dit merci après, mais ça, c'est normal. Imagines-tu Stéphane Richer ou Wayne Gretzky lancer des tas de s'il vous plaît et de mercis sur la patinoire?

Le problème, c'est que je ne suis même pas sûr qu'elle me trouve de son goût. Katarina préfère peut-être les comiques comme Mathieu. Ou les *heavy metal* comme François. Ou les bolés comme Vu. Ou les agents secrets comme Henri.

Moi, je n'ai rien de spécial. Je ne suis ni bolé, ni tarte. Ni champion, ni poche. Ni vedette, ni vampire.

Je suis juste moi, Alexis Dumoulin-Marchand. Fils de Renée Dumoulin, propriétaire d'un dépanneur, et de Michel Marchand, vendeur d'assurances.

Ah oui! Et frère de Cendrillon. La semaine dernière, Marie-Cléo a reçu une vidéocassette de Cendrillon pour sa fête. Depuis,

elle ne veut plus rien savoir de
ses deux millions de Barbie.

Cendrillon, c'est un film super
ennuyant avec des tas de souris
et d'oiseaux qui chantent. Et

une fille tellement dans la lune qu'elle oublie ses souliers partout. Mais ma soeur l'adore. Elle peut voir Cendrillon trois fois de suite sans tomber endormie.

4
Opération Hamburger

Enfin! J'ai trouvé. Cette fois, Katarina sera sûrement éblouie. Sinon, à moins d'être acrobate au Cirque du Soleil, personne ne peut l'épater.

Opération Hamburger
But: Le même qu'Opération Batman.
Méthode: Faire le super truc de l'avaleur de hamburgers.
Date: Demain.
Matériel: Au moins 5 $.

En attendant d'éblouir Katarina, je meurs de faim. Je pourrais dévorer un troupeau de dinosaures. Pourtant, je n'ai rien avalé ce soir. Ça fait partie du plan.

Le pire, c'est que ma mère avait préparé une lasagne géante. Et j'adore ses lasagnes avec des tas d'étages de pâtes, beaucoup de viande et une belle couverture de fromage doré.

— Tu n'as pas faim, mon coco?

Ma mère se prend pour une poule. Depuis que je suis sorti de

son ventre, elle m'appelle «mon coco». Et ce soir, ma mère poulette était inquiète parce que son coco n'avalait rien.

— Bof! Je me sens un peu drôle. Je prendrais juste un petit verre d'eau.

Là, ma mère s'est énervée. Deux secondes plus tard, j'avais un thermomètre sous la langue. Heureusement que la température de mon corps était normale sinon je serais déjà à l'urgence de l'hôpital.

En bon comédien, j'ai bu lentement mon verre d'eau sans oublier de soupirer souvent.

— Je pense que je vais aller lire dans ma chambre... Surtout que je n'ai rien d'autre à faire.

La dernière phrase, je l'ai ajoutée pour que ma mère se

sente un peu coupable. Pour qu'elle ait honte d'empêcher un pauvre malade de regarder le match de hockey à la télé.

Au bout de cinq minutes, toc! toc! toc! à ma porte. Probablement ma mère qui change d'idée pour le hockey.

Non! C'est Marie-Cléo.

— Vas-tu aller à *la pital?*

Sur le coup, je n'ai pas compris. C'est dur de traduire la langue *gagagougou* quand on a le ventre creux.

— Non, non, Marie-Cléo. Va voir Cendrillon. Je ne suis pas très malade et je n'irai pas à l'hô-pi-tal.

Avant de partir, elle m'a donné un cadeau. Une feuille barbouillée de cercles et de lignes de toutes les couleurs.

— *Z'ai deziné* un bouquet de fleurs pour toi parce que t'es malade.

Je l'ai embrassée, même si ses fleurs, il fallait les deviner.

J'ai collé son bouquet devant moi, sur le mur de ma chambre. Parce que je suis fin. Et qu'il y a des jours où je suis presque content d'avoir une soeur.

***

Les fleurs de Marie-Cléo n'ont pas fané depuis hier. Moi, par contre, je me sens tout ratatiné. Je suis vraiment malade. Au lit. Avec de la fièvre. Une indigestion monstre.

Je t'ai déjà dit qu'hier soir, j'ai jeûné. Ce matin, j'ai bu un demi-verre de jus de pomme.

C'est tout. Juste assez pour ne pas tomber dans les pommes.

Pour me donner du courage, j'ai imaginé la montagne de hamburgers que j'allais engloutir à midi.

Tous les mercredis, à l'école, des parents bénévoles vendent des hamburgers. Rien à voir avec un Big Mac, mais ça coûte seulement 50 cents.

J'avais cinq dollars dans ma poche. Cinq semaines de salaire! Au moins vingt sacs de poubelle descendus à la rue. Et on habite un troisième étage. Sans ascenseur!

J'ai un gros appétit. Ça impressionne ma mère. Son coco mange autant qu'un éléphant.

Le matin, quand j'ai faim, j'avale quatre toasts beurrés,

deux oeufs brouillés, trois verres de jus de raisin... et des tonnes de flocons de céréales Cric Crac Crounche noyés dans du lait.

Alors, mon plan, c'était de manger. Beaucoup. Énormément. Terriblement. J'ai pensé qu'avec l'estomac vide, je devais pouvoir dévorer au moins dix hamburgers à la cafétéria.

Ça devrait suffire pour épater Katarina. Sinon, il lui faut un ogre comme Valentin.

Pendant tout l'avant-midi, j'ai compté les minutes. Mon ventre faisait des tas de bruits. Grrrrr! Grrraaaa! Grrroouuuche! Traduit, ça veut dire: vite, vite, remplis-moi.

À 12 h 01, j'ai acheté dix hamburgers et je les ai déposés sur la table de Katarina. Elle grignotait tranquillement son sandwich au beurre d'arachide. Je pense que les 446 élèves de l'école Sainte-Gertrude m'ont dévisagé.

J'ai fait comme si, tous les midis, je mangeais dix hamburgers au ketchup. J'en ai avalé un. C'était délicieux. Deux. C'était presque mieux. Trois. C'était encore bon.

Le quatrième avait moins de goût. Le cinquième m'a donné mal au coeur. Au sixième, j'ai pensé à l'évier de la cuisine qui déborde quand on lui donne trop de trucs à avaler. Au septième, j'ai senti l'évier déborder. Avant le huitième, j'ai couru jusqu'aux toilettes.

Ce n'est pas drôle de vomir dans les toilettes en essayant

d'être discret. Je ne voulais quand même pas que toute l'école m'entende. Surtout que c'était un vrai déluge. En plus, mon très cher ami Henri a choisi ce moment, justement, pour aller faire pipi.

Le pire, c'est que je ne sais pas si mon plan a réussi.

Au début, j'avais tellement faim que j'ai oublié de regarder Katarina. Après, je me concentrais sur les hamburgers à faire disparaître. J'ai encore oublié de la regarder.

M'a-t-elle admiré? A-t-elle remarqué que j'étais vert à partir du sixième? Me trouve-t-elle nono ou impressionnant?

Je le saurai bientôt. Après-demain, c'est la Saint-Valentin.

5
Valentine
aime les espions

— Salut, le zouave!

Ça, c'est Henri. Un gars charmant.

— Veux-tu voir quelque chose?

Tu parles d'une question bête. Je suis censé répondre quoi? Non, je préfère ne rien voir?

— Les filles m'aiment tellement que je suis inondé de lettres d'amour.

— Je suppose que la dernière lettre vient du Bonhomme Sept-Heures?!

— Non. C'est de Katarina.

Mon cœur a fait trois culbutes,

deux roues complètes et quatre sauts périlleux avant d'aller s'écraser à mes pieds. Pendant ce temps-là, Henri dépliait une serviette de papier de la cafétéria.

À mon beau Henri,
XOXOXO
Katarina

Trois becs et autant de cares-

ses dessinés en rouge au crayon feutre.

Ma belle comète aime Henri.

Ma Valentine préfère les espions.

Si j'avais su, je serais resté au lit ce matin. Surtout qu'en me réveillant, j'avais encore l'estomac en compote.

J'avais la mort dans l'âme lorsque Macaroni nous a distribué ses petits papiers. J'épiais Katarina. Je l'imaginais en train de tracer les lettres du nom d'Henri. Quelle horreur!

Moi, je n'ai rien écrit. J'ai fait semblant de dessiner des lettres, mais mon crayon ne touchait pas le papier. Je pensais à Katarina. Et à Henri.

Avant, j'avais des tas de projets.

J'aurais aimé montrer à Katarina ma collection d'ailes de papillon. Et l'inviter à manger un cornet à trois boules au dépanneur de ma mère. Ou descendre la côte de la rue Sanguinet à bicyclette. En fermant les yeux le plus longtemps possible parce que c'est encore plus épeurant.

Mais Katarina aime Henri. C'est écrit.

***

Quoi? Alors, moi, je ne comprends plus rien. La lettre dit que Katarina aime Henri, mais pas les petits papiers de Macaroni. C'est Rosaline la Valentine d'Henri. Macaroni l'a choisie pour lui.

Henri a-t-il élu une autre Valentine? Ou est-ce Katarina qui ne l'aime plus déjà?

Dans toute la classe, seuls François et Céline, Carlos et Sandra, et les jumeaux Alexandre et Alexandra ont choisi les bons Valentins. Macaroni a décidé que Nathalie serait ma Valentine. Je t'ai déjà dit qu'elle n'est pas trop nouille, alors on s'est assez bien amusés.

Mais Nathalie était triste... Quand Macaroni a annoncé que François avait choisi Céline et vice versa, son sourire a fondu. On aurait dit qu'un nuage gris venait de se stationner au-dessus de sa tête. Je pense que Nathalie aime François.

Et Katarina? Katarina n'était pas là. Ça m'a donné une idée.

— Ma... Madame Brisebois?

Ouf! J'ai failli dire Macaroni.

— Oui, Alexis.

— Si vous me donnez l'adresse de Katarina, je pourrais aller lui porter ses devoirs après la classe.

Katarina habite au 2032, de Bullion. À deux rues de chez nous!

Je venais tout juste d'appuyer sur la sonnette lorsqu'un monstre à deux pattes, de l'âge de ma soeur, a ouvert la porte.

Pas de bonjour ni rien. Il m'a inspecté trois fois de la tête aux pieds avant de demander:

— Tu veux quoi?

Après, il a reniflé au moins cinq ou six fois en s'épongeant le nez avec la manche de son chandail. C'était dégoûtant.

Une chance, une jolie dame est arrivée, et l'horreur a disparu.

— Bon... jour. J'ai apporté les devoirs d'Alexis. Euh!... Je veux dire... Je m'appelle Alexis. Je suis en troisième, moi aussi. Avec Ma... Madame Brisebois. J'ai les devoirs de Katarina.

— Comme c'est gentil. Entre, veux-tu? Viens prendre une

collation avec Katarina. J'ai de bons biscuits double crème au fudge. Mais attention: Katarina n'est pas belle à voir.

6
Gros bisous

Elle avait raison. Ses biscuits sont bons, et Katarina est presque laide. Mais pas pour toujours: elle a attrapé la varicelle.

Quand je l'ai vue, à moitié noyée dans les draps bleus de son lit, mon coeur a fait un bond. Son visage ressemblait au ballon de plage blanc à pois rouges de Marie-Cléo. Ses yeux étaient comme éteints et tristes.

Et puis, j'ai aperçu, au-dessus du ballon... euh!... de la tête de Katarina, cinq beaux papillons épinglés sur un tableau d'affichage. L'un d'eux avait de grandes ailes orangées avec deux taches mauve foncé. Mes couleurs préférées!

Ça m'a rappelé tout ce que j'avais rêvé de faire avec Katarina. J'ai souri. Ses yeux ont brillé, et elle a souri, elle aussi. Juste pour moi.

Même picotée, Katarina a un beau sourire. Lumineux et ensoleillé.

Je ne sais pas ce qui m'a pris. Je n'y ai même pas pensé avant. C'est arrivé tout seul. Je me suis approché d'elle. J'ai fermé les yeux.

Et je l'ai embrassée.

Sur la joue gauche, juste à côté du nez. Entre deux picots.

Après, j'ai eu envie de me changer en marmotte. Pour creuser un tunnel et me cacher dedans.

Je pense que c'est la première fois que j'embrassais une fille. Ma mère, ça ne compte pas. Et Marie-Cléo, c'est un bébé. Elle donne des becs tout croches. Des becs baveux, mous et collants. Des becs aux miettes de sandwich, à la gomme aux fraises ou au jus de kiwi.

Katarina, c'est différent.

Je pense que Katarina était gênée. Elle a peut-être rougi. Mais je ne suis pas certain. Elle a tellement de picots qu'on ne voit pas vraiment la couleur dessous.

— Merci d'être venu. Ce n'est pas drôle d'avoir la varicelle. Ça pique.

— Oui, je sais. Je l'ai attrapée en première année. La varicelle,

ce n'est pas comme la grippe. On l'a juste une fois dans sa vie.

Là, Katarina a continué de parler, mais je ne l'entendais plus. Il y avait, à côté d'elle, un bout de papier. Ça ressemblait à une demi-feuille de cahier.

Gros bisous
à Henri, mon chéri,
XXXXXX
Katarina

C'est ce qui était écrit sur la feuille.

— Aye! Alexis? Es-tu malade, toi aussi? Tu as l'air tout drôle!

J'entendais Katarina, mais je ne pouvais pas répondre. Je ne savais pas quoi répondre. Je n'avais pas envie de répondre.

Là, elle s'est mise à crier d'une voix inquiète.

— Henri, Henri! Viens ici!

Quoi? Lui ici? Ah bien là, c'est trop!

Comme j'allais me fâcher, Henri est entré. Un Henri divisé par deux. Dans le genre quatre ans et demi.

Tu as deviné? Le frère de Katarina s'appelle Henri.

Il adore sa grande soeur. Et il pleure lorsqu'elle s'en va à l'école. Alors, Katarina lui écrit des petits mots d'amour. Pour le consoler.

Henri l'espion s'est trompé. Le message d'amour sur la serviette de papier, ce n'était pas pour lui.

Je sentais des papillons dans mon ventre et des oiseaux dans ma tête. Ce n'est pas compliqué, j'avais envie d'embrasser Katarina encore une fois. Mais je me suis retenu. Un deuxième baiser, c'est plus difficile qu'un premier.

— Alexis! Ça va? Veux-tu qu'Henri t'apporte un verre d'eau?

— Non, non, ça va. Je me sens parfaitement bien. En super forme. Même que j'ai très, très faim. Si ta mère avait d'autres biscuits double crème au fudge, j'en prendrais bien deux ou trois montagnes.

Moi, le bonheur, ça me donne faim.

7
Le secret de Katarina

Je devine à quoi tu penses. Tu te demandes si Katarina m'avait choisi comme Valentin.

Moi aussi. Je donnerais même ma collection complète d'araignées séchées pour le savoir.

Il y a des jours où je rêve que je suis un maringouin. Un tout petit moustique qui se faufile partout et qui voit tout. J'espionne mes parents qui se bécotent devant la télé.

Et je me promène chez Macaroni. Pour savoir ce que ça fait, une maîtresse, le soir. Je vole au-dessus du lit d'Henri, la nuit. Et je me pose sur son nez. Juste pour l'embêter.

Si j'avais été un maringouin, j'aurais pu voir le nom que Katarina avait écrit sur son petit bout de papier. J'aurais su si c'était moi, son Valentin.

Je pourrais le lui demander. Mais j'ai peur.

Katarina n'a pas envoyé de lettre d'amour au grand Henri, mais qui me dit qu'elle n'aime pas Philippe? Ou Guillaume? Ou Jean-Bernard?

Ou personne.

Je préfère ne pas lui demander. Au cas où. Pour ne rien gâcher.

Remarque que je pourrais lui poser la question après l'école demain. Parce que c'est sûr que j'irai lui porter ses devoirs. Même que je ne détesterais pas qu'elle attrape une autre maladie tout de suite après la varicelle.

Quelque chose qui ne rend pas laid et qui ne fait pas mal. Mais qui empêche d'aller à l'école.

J'aime ça lui apporter ses devoirs.

J'aime ça manger des montagnes de biscuits double crème au fudge à côté d'elle.

J'aime ça quand elle sourit juste pour moi.

J'aime ça...

Bon! Ça sonne à la porte.

C'est Henri. Le petit.

Il se plante devant moi, l'air mauvais, sans rien dire. Remarque que même s'il était assez poli pour dire bonjour, il ne pourrait pas. Monsieur mâche une gomme grosse comme une balle de ping-pong. Et monsieur semble furieux.

— Ma soeur t'aime pas!

Il crache sa gomme sur le perron. Et il l'aplatit du bout du pied. Ça fait un rond aussi grand qu'une boulette de hamburger.

— C'est elle qui t'envoie dire ça?

Henri ne me répond pas. Mais si ses yeux étaient des pistolets, je serais mort depuis longtemps.

— Ma soeur m'adore. Elle me dit tous ses secrets. Je le savais qu'elle te choisirait comme Valentin.

C'est comme si quelqu'un venait d'allumer un feu d'artifice dans mon ventre. Des centaines de fusées multicolores décollent en même temps.

C'est moi le Valentin de Katarina! Je vais m'envoler. Un vrai feu de joie. Mais Henri me ramène sur terre.

— C'est de ma faute si Katarina est picotée. Je lui ai demandé d'aller chercher ma tuque jaune fluo chez Marc-Antoine. Et je le savais que Marc-Antoine avait la varicelle. Je voulais pas que ma soeur soit ta Valentine à l'école. Et je veux plus que tu viennes chez nous.

J'ai envie de le couper en morceaux. Pour le faire frire avec des oignons.

Mais il se met à pleurer. Comme Marie-Cléo. Un vrai torrent. Avec tout plein de grimaces, de hoquets et de reniflements.

Ça me fait une boule dans la gorge. Il fait tellement pitié. Et je le comprends d'être fou de Katarina.

J'ai envie de le serrer dans mes bras, de lui donner les bonbons d'halloween qui restent dans ma citrouille et de lui prêter mon jeu Lego de 500 morceaux. Je l'aurais fait. Je te jure. Mais je viens d'avoir une meilleure idée.

— Marie-Cléo! Viens ici! J'ai un ami à te présenter.

Entre nous, si moi, j'avais le choix entre Katarina et Marie-Cléo, je n'hésiterais pas. Mais Henri a un faible pour les punaises de quatre ans et demi.

En voyant Marie-Cléo, il sourit.

Je pense qu'elle pourrait devenir sa Valentine.

Table des matières

Achevé d'imprimer
sur les presses de Litho Acme Inc.
3e trimestre 1991